Carcereira Nazista Dominante (Interracial)

Coleção Dominação Erótica

Erika Sanders

Carcereira Nazista Dominante
(Interracial)

Erika Sanders
Serie
Coleção Dominação Erótica

Sinopse

Paris no final de 1940.

Sede da Gestapo.

O departamento FEM1 é o departamento onde os prisioneiros capturados pela Gestapo são interrogados.

Vicky é chefe de um departamento formado exclusivamente por mulheres lascivas que são avisadas da chegada de um novo prisioneiro ...

Carcereira Nazista Dominante (interracial) é um romance com forte conteúdo erótico de BDSM e, por sua vez, um novo romance pertencente à coleção Erotic Domination, uma série de romances com alto conteúdo de BDSM romântico e erótico.

(Todos os personagens têm 18 anos ou mais)

Nota sobre a autora

Erika Sanders é uma conhecida escritora internacional, traduzida para mais de vinte línguas, que assina os seus escritos mais eróticos, longe da sua prosa habitual, com o seu nome de solteira.

Índice

CARCEREIRA NAZISTA DOMINANTE

ERIKA SANDERS

Sede da Gestapo em Paris

Departamento FEM1

Quarta-feira, 30 de outubro de 1940 8h00

Acordei abruptamente, todo dolorido.

Os músculos do meu pescoço estavam me matando e me senti tonto.

A luz da manhã, entrando pela janela, iluminando minha mesa e meu rosto.

Fechei meus olhos e os esfreguei com força.

Devo ter adormecido durante a noite, enquanto lia um monte de relatórios que haviam chegado no dia anterior.

Um olhar no espelho revelou o rosto cansado de uma linda garota de dezenove anos com olhos castanhos escuros e cabelo que parecia que não dormia o suficiente há dias.

Infelizmente, o espelho nunca mente.

Ele vinha trabalhando quinze horas por dia nas últimas três semanas devido ao fato de que um grande grupo de espiões havia sido exposto.

Meu pai ocupava um lugar muito alto na hierarquia do partido nazista em Berlim e, como resultado, fui nomeado chefe de gabinete do departamento FEM1 da Gestapo em Paris.

Nosso departamento era formado apenas por mulheres e era responsável por questionar mulheres cativas.

Meu posto era tenente e sob minhas ordens diretas havia dois sargentos chamados Michelle e Kat, ambos na casa dos vinte anos.

Michelle era francesa com longos cabelos escuros e belos olhos penetrantes.

Seu tamanho de vidro era 90 C, assim como o de Kat, e ela era magra e atlética.

Por outro lado, Kat era holandesa com longos cabelos loiros, olhos azul esverdeados e panturrilhas perfeitas.

Ela era alguns centímetros mais alta do que Michelle e pesava alguns quilos mais pesada.

Ambos tinham bundas grandes e justas e as pernas mais longas de Paris que eu conhecia.

Eu era um pouco mais alto Kat e meu tamanho de vidro era 95 B.

Uma olhada em minha mesa revelou a presença de um novo documento.

Alguém deve ter trazido durante meu intervalo e deixado lá.

O documento dizia respeito à transferência de uma mulher cativa que havia sido pega durante um ataque da Gestapo para um café parisiense.

A prisioneira em questão parecia ser uma cidadã americana de 25 anos, residente em Nova York, e ela era ... negra?

Eu imediatamente fiz uma careta e pensei que estava ficando muito interessante.

O arquivo anexado ao documento dizia que ele deveria interrogar o sujeito e extrair qualquer informação valiosa por qualquer meio disponível.

Peguei o telefone e ordenei a Kat e Michelle que trocassem de roupa e me encontrassem no porão.

Também me troquei rapidamente e desci as escadas que levavam ao porão.

Michelle e Kat já estavam lá, vestidos com seus trajes de "interrogatório".

Cada um usava uma máscara de couro preto com aberturas para os olhos, nariz e boca.

Seus cabelos estavam presos em um rabo de cavalo atrás da cabeça.

Espartilhos de couro preto apertados em torno de seus corpos esguios, fazendo com que seus seios nus parecessem picos de montanhas carnudos.

Eles usavam luvas de couro pretas nos cotovelos e ao redor do braço direito um elástico vermelho e branco com uma suástica preta no meio.

Pequenos cordões de couro preto, quase inexistentes, cobriam suas virilhas e deixavam suas nádegas totalmente expostas.

Os dois usavam meias de náilon pretas e botas Wehrmacht.

"Traga a prisioneira e amarre suas mãos nessas correntes penduradas," eu ordenei.

"Ha, minha senhora" ambos exclamaram.

Eles a trouxeram e seguraram suas mãos levantando-as nas correntes pendentes.

Tomei meu tempo e a inspecionei completamente de cima a baixo.

Ele não parecia ter mais de um metro e meio de altura e cerca de sessenta quilos.

Seus olhos negros amendoados refletiam a luz artificial do porão como espelhos mágicos, e seu nariz era típico de uma afro-americana.

Uma boca bastante grande, com lábios carnudos e úmidos, traía seu desejo desenfreado de prazer oral.

Seu cabelo preto na altura dos ombros era longo e reto, com longos cachos nas pontas.

Ela estava usando um vestido floral longo e justo que destacava as dimensões perfeitas de seu corpo.

No final das contas, ela era uma menininha chocolate e eu tinha certeza que minhas meninas iriam gostar desse prato exótico ao seu gosto, já que nunca haviam tido a oportunidade de conhecer pessoas de cor antes.

"Gostaria que você me informasse do motivo da minha prisão. Sou cidadão americano e você não tem o direito de me manter aqui. As condições da minha detenção são absolutamente escandalosas. Não dormi, comi e bebi por muitas horas. Você deveria ter informado a embaixada dos Estados Unidos sobre a minha captura e exijo ... "ela tentou protestar.

"Você exige? VOCÊ EXIGE? Você não está em posição de exigir nada. Você percebe qual é a sua situação? Você é acusado de ser um espião e isso só acarreta a sentença de morte. Então é melhor você começar a falar, porque Não tenho muito tempo à minha disposição "gritei com ele.

"Deve haver um engano em seus relatórios. Tenho certeza de que você me confundiu com outra pessoa. É minha primeira viagem à Europa e visitei Paris por suas atrações noturnas. Fiquei preso aqui quando a guerra estourou e não consegui encontrar o caminho de volta. A polícia dele me prendeu enquanto eu conversava com um homem que iria organizar minha viagem de volta. Não sei de mais nada. "

"Qual é o seu nome?" Eu perguntei a ela.

"Meu nome é Gina, tenente", disse ele.

"De agora em diante você vai me chamar de Sra. Vicky. Entendido?" Eu disse e ao mesmo tempo dei um tapa forte.

"Ai! ... Sim ... Sim ... Senhora ... Vicky ..."

"Escute, vadia degradada. Você vai me contar tudo em detalhes. Não quero perder meu precioso tempo com você. Dê-me nomes, locais, códigos e tudo o mais necessário. Prometo não te machucar e deixá-la ir quando terminarmos ou você descobrirá o quão cruel eu posso ser." . Eu disse a ela enquanto puxava seu cabelo.

"Aaaahhh ... juro por Deus ... não sei ... nada ... por favor ..."

"Quer jogar pesado? Veremos sobre isso. KAT E MICHELLE IRÃO CUIDAR DAS SUAS ROUPAS AGORA. LEVE-AS COMPLETAMENTE ENDEREÇADAS!" Eu lati minhas ordens.

Kat e Michelle com olhos intensamente brilhantes se lançaram sobre a vítima indefesa e começaram a rasgar seu vestido.

Gina torceu seu corpo desesperadamente enquanto dedos versáteis rasgavam seu vestido, sutiã, calcinha, cinta-liga e meias de náilon impiedosamente.

Ela acabou usando apenas um par de saltos brancos e nada mais.

Parecia que a pequena demonstração de minha autoridade sobre Gina não tinha deixado ninguém indiferente.

Os mamilos inchados rosa claro de Kat rivalizavam com os castanhos inchados de Michelle em termos de beleza, tamanho e dureza.

Os olhos de Michelle estavam fixos na fenda peluda e brilhante de Gina e sua língua lambeu seus lábios carnudos, enquanto Kat acariciava os mamilos lindos de Michelle com a mão direita, enquanto a esquerda estava enterrada entre as coxas leitosas.

"Você gosta do que vê Michelle?" Eu lhe perguntei.

"Sim, senhora, ela é tão linda e indefesa", disse Michelle.

"Você está ficando excitado com uma boceta preta suja?" eu gritei

"Sim senhora ... Umm ... Nãooooo ... Eu não sou ..." Michelle tentou se desculpar.

"VOCÊ ESQUECEU QUE PERTENCE À RAÇA ARIAN? Estamos destinados a governar o mundo. Está em nossos genes impor nossa supremacia e regras aos outros. Devemos escravizar o mundo inteiro e trazer o amanhecer de uma nova era. A era do NOVO! ORDEM! Não haverá outros mestres além de nós. Negros, amarelos, vermelhos são obrigados a servir e trabalhar para a glória do terceiro Reich. "

"Olhe e me diga o que há de comum entre você e aquela vadia. Você e Kat pertencem aos melhores exemplos que nossa raça tem a mostrar. Kat é alta, branca e inteligente; Ela parece uma Valquíria do norte, cheia de poder e glória, pronta para matar seus inimigos, e ela é!

"Você se parece com seus grandes ancestrais gaélicos que nunca pararam de lutar bravamente contra todos os seus numerosos inimigos, de todos os modos. Esses grandes homens e mulheres deixaram sua marca indelével em você. Você não pode ver isso? Você não pode sentir isso? Você não leu como eles lutaram, defendendo sua cultura, suas famílias e seu país? "

"Você tem certeza que quer se comparar a essas pessoas que passam o tempo todo correndo nuas e se acasalando rolando na lama? O que eles sabem sobre cultura e civilização? Absolutamente nada. Até mesmo o meu Doberman supera todos eles com extrema facilidade. "

"Sua nação criou tantos grandes homens e mulheres que contribuíram tanto para o mundo que não faria sentido referir-se a suas realizações. Você está desonrando seu legado. Você está me enojando! "

"Sinto muito, Srta. Vicky, eu não quis dizer o que disse antes. Humildemente peço que me perdoe. Por favor, senhora, eu imploro. Não me mande para o pelotão de fuzilamento. Eu ... farei qualquer coisa para agradá-la como Eu sempre faço ... Por favor ... "implorou Michelle.

"Você tem muita sorte, Michelle, porque tenho em meu coração muito amor por você. Não vou denunciá-la aos meus superiores, mas vou conceder-lhe o desejo que você estava procurando. Dou-lhe a oportunidade de servir a esse miserável ânus e buceta usados. SOBRE SEUS JOELHOS E LAMBA-O O ASS, VADIA !!! "Eu gritei com ela e desabotoei minha jaqueta de couro preta na altura dos joelhos de oficial.

Michelle se ajoelhou e subiu nas costas de Gina.

Eu me livrei da minha jaqueta e fiquei lá com as pernas abertas e as mãos na cintura.

Ela estava usando um espartilho de couro preto que não cobria o peito, com suspensórios e um par de luvas combinando.

Quatro fileiras de correntes de metal, com suas bordas presas a cada alça, cobriam meus seios nus e uma alça de couro sem virilha abraçava meus quadris firmes.

Ela também usava botas de couro até a coxa com salto agulha.

Michelle começou a acariciar e beijar a bunda preta perfeita de Gina com impaciência.

Suas mãos abriram e fecharam suas nádegas com luxúria desenfreada.

Ele estava massageando, massageando, beijando e lambendo aquelas esferas negras, nessa ordem, sem prestar atenção em mais nada.

Sua língua estava ficando selvagem na fenda da bunda de Gina, provocando o buraco negro com a ponta implacavelmente.

Ele até enfiou o nariz e inalou o cheiro almiscarado de seu ânus.

"Kat, quero que você dê uma surra na bunda de Michelle sem remorso. Ensine-lhe uma lição. Discipline-a como eu faria", disse a ela em desgosto total.

"Mmmmm ... Certamente, Senhora ... O prazer é meu" Kat respondeu alegremente.

"Faça aquele traseiro ficar vermelho! Punir e arar seu corajoso traseiro com o instrumento de destruição! Eu quero ver sua pele branca aveludada derramando lágrimas de sangue!" Eu a incitei.

"Ha. Senhora."

Obedientemente, Michelle ergueu a bunda e esperou pelo inevitável, embora continuasse enfiando a ágil língua vermelha no canal anal de Gina.

Ela deve ter feito um ótimo trabalho porque Gina estava ofegante e balançando a pélvis incontrolavelmente.

Kat ficou atrás de Michelle e desferiu o primeiro golpe no voluptuoso traseiro de Michelle.

Seus lados se torceram e ela soltou um pequeno gemido dentro da bunda de Gina.

Kat bateu novamente e Michelle mordeu com força a carne da bunda de Gina, que por sua vez gemeu e arqueou as costas.

Fui até Gina e comecei a rolar seus mamilos castanhos inchados entre o polegar e o indicador.

Ela gritou de agonia e eu bati nela várias vezes.

Então eu segurei seus seios e os amassei com força.

Demorei algum tempo abusando de seus seios enquanto olhava em seus olhos.

Enquanto isso, Kat estava batendo na bunda de Michelle com grande experiência e muitos inchaços vermelhos apareceram em sua pele machucada.

Michelle nunca parou de foder a bunda de Gina, embora sua bunda sofresse muito com a chuva de golpes de Kat.

"Você tem algo para me dizer?" Perguntei a Gina ironicamente.

"Mmmmmm ... ai! ... Oohhh ... eu te disse ... eu não sei de nada ... por favor ..." ele gemeu.

"Então, você está insistindo em sua história. Ok, vou continuar então."

"Kat! Pare de esfregar sua boceta e concentre-se em seu dever. Coloque o grande falo e foda a bunda de Michelle. AGORA!"

Enquanto Kat prendia seu arnês de falo de 20 centímetros de comprimento e 7 centímetros de largura à cintura, eu agarrei um chicote de couro de cinco caudas da mesa próxima.

Então comecei a bater nos peitos pequenos de Gina, certificando-me de bater em seus mamilos duros com cada golpe também.

Ele também a estava insultando com nomes como puta barata, buceta usada, negra, puta suja, ânus sujo e outros.

Kat ficou atrás de Michelle e montou nela.

Ele dobrou os joelhos, colocou de lado a corda de couro de Michelle e guiou a cabeça do falo até a entrada do ânus.

A essa altura, Michelle estava de joelhos beijando e lambendo os tornozelos de Gina.

Kat empurrou com força e plantou seu "pênis feminino" dentro da apertada abertura anal receptiva de Michelle.

Michelle balançou a cabeça, jogando o cabelo para o alto, e gemeu de dor quando Kat agarrou seus lados com as mãos, usando-as como âncoras para se firmar.

Kat então começou a foder a bunda de Michelle violentamente, tomando um ritmo rápido e constante.

Enquanto batia nos seios empinados de Gina, percebi que seu monte peludo e sua fenda estavam encharcados.

Seu clitóris vermelho estava saindo de seu capuz preto, superestimulado pela ação em andamento.

A prostituta de chocolate deve ter gostado do que estava acontecendo.

Eu imediatamente voltei minha atenção e comecei a chicotear sua barriga e coxas.

As tiras de couro do meu chicote abraçaram selvagemente cada curva de seu corpo como línguas serpentinas, deixando suas marcas inegáveis por toda parte.

Até mesmo seu clitóris inchado queria compartilhar sua paixão, pois estava se esforçando para receber a punição que ela tão desesperadamente precisava.

Alguns toques certeiros em seu botão sensível satisfizeram totalmente aquela busca perversa por alívio, embora uma dor excruciante fosse o preço que ele tinha que pagar.

"Água ... por favor ... me dê um pouco de água ... Estou com tanta sede ... Senhora," Gina implorou.

"Só se você me der o que eu peço, vou atender seus pedidos. Você está pronto para conversar?" Disse.

"Por favor ... eu não sou um espião ... apenas ... um turista ... eu ... preciso de ... água."

Fiquei pálido e fiquei imóvel e sem palavras.

Eu me imaginei parado na frente do pelotão de fuzilamento ... então um golpe forte ... me abraçando e mordendo a terra escura ... meu pai me deu o golpe final (golpe final) com sua pistola ...

Isso não tinha valor.

A escória provou ser uma noz muito difícil de quebrar.

Minha vida não valeria um centavo se eu falhasse em meu dever.

Olhei para o chão e vi Kat e Michelle fazendo amor apaixonadamente.

Michelle estava deitada no chão com as pernas bem abertas e Kat estava em cima dela batendo em sua boceta fervendo como uma alma condenada.

Eles pressionavam seus mamilos excitados um contra o outro e suas línguas vermelhas estavam emaranhadas em uma valsa frenética.

Kat e Michelle não se importam com meu futuro.

O sangue dentro de minhas veias começou a ferver e minha visão foi ficando cada vez mais escura.

Ele não conseguia decidir o que queria fazer primeiro.

Devo estrangular Gina lentamente, com minhas próprias mãos, muito lentamente?

Ou começar a chutar as bundas de Kat e Michelle sem parar?

"Kat e Michelle parem o que estão fazendo e venham aqui! AGORA! Afrouxe as correntes de Gina e se preparem!" Eu os encomendei.

Eles obedeceram e Gina caiu de joelhos com as mãos ainda levantadas.

"Michelle, nossa prisioneira está com sede. Dê a ela seu néctar."

"Ele certamente ama."

Michelle aproximou a pélvis da boca de Gina e puxou a calcinha de couro para o lado. Ela separou suas pétalas de rosa e soltou sua urina salgada e fumegante.

Gina abriu a boca larga e mostrou a língua quando Michelle estava guiando o jato de urina pela garganta sedenta.

Ele estava engolindo o rio amarelo de Michelle ansiosamente enquanto sua língua pegava cada gota que perdia seu alvo no ar.

Kat se aproximou e começou a fazer xixi em Gina também.

Eles estavam banhando seu nariz, olhos, boca e seios com seus fluidos dourados.

Gina enlouqueceu tentando engolir as torrentes de urina de Kat e Michelle simultaneamente, porque não queria perder uma única gota.

Depois de terminar de urinar, Michelle enfiou a buceta molhada nos lábios de Gina.

Gina imediatamente começou a lamber e mordiscar suas pétalas de veludo, sugando profundamente e engolindo fluidos de amor e urina.

Mandei Michelle colocar um vibrador preto de 45 centímetros e Kat ocupou seu lugar na hora.

Gina abriu a boca o máximo que pôde para acomodar o grande falo de Kat.

Kat guiou seu "pênis feminino" em sua garganta e começou a balançar os quadris de um lado para o outro.

Gina sentiu náuseas algumas vezes, mas continuou engolindo.

Ele rapidamente se acostumou com suas dimensões incríveis e, por sua vez, começou a balançar a cabeça, encontrando as estocadas de Kat no meio.

Ordenei a Kat que se deitasse no chão e colocasse sua pélvis entre as coxas de Gina.

Ela o fez e colocou seu "falo" na vertical.

Gina literalmente saltou sobre ele e sua boceta preta aquecida imediatamente o engolfou.

Ela estava balançando seu corpo muito rápido com a ferramenta dura de Kat e seus seios balançavam para cima e para baixo com os movimentos dele.

Michelle agarrou o cabelo de Gina e a fez se inclinar.

Gina deitou completamente em cima de Kat e seus seios fizeram contato.

Michelle se ajoelhou atrás e abriu as nádegas de Gina.

Ela gostou da visão da bunda de Gina por um momento e então colocou a cabeça de seu vibrador preto lá.

Michelle empurrou com força e passou a cabeça pelo esfíncter relutante de Gina com dificuldade.

Gina, por sua vez, gritou ao sentir sua bunda ser violentamente penetrada.

Parecia que o grito de Gina era o sinal para Kat e Michelle enlouquecerem.

Michelle começou a bater na bunda de Gina como uma cadela no cio e Kat estava empurrando sua pélvis, perfurando a boceta esticada de Gina, enquanto as mãos dele beliscavam seus mamilos.

Com duas ferramentas trabalhando em seus buracos como pistões bem lubrificados, Gina não teve escolha a não ser sucumbir.

"Ah, meu Deus! Sou uma prostituta! POR FAVOR ... FODA-ME ... AMBOS ... VOCÊ AO MESMO TEMPO! QUERO SER ... UMA VADIA NAZI ... EU ... QUERO ... VOU CONTO A VOCÊ ...

TUDO ... APENAS ... CONTINUE A FODER-ME. .. POR FAVOR !!! OHHH ... ESTOU VINDO !!!!!!!!!!!! "

"Eu sei que você vai" eu disse com um grande sorriso no rosto.

.

FIM

25

BEM-VINDO SELVAGEM
ERIKA SANDERS

27

Susan estava deitada no sofá pensando em seu parceiro.

Ela o amava de todo o coração e seu sonho era que ele fizesse o que quisesse com as preliminares.

Lamber e chupar até que seu nível de êxtase valia a pena morrer.

Então foda-se com sexo mais poderoso que a criação.

Foi uma noite tão chata.

Susan estava deitada no sofá com seu sutiã de seda rosa e calcinha assistindo a um filme.

Mas Susan estava pensando em seu namorado, seu corpo bonito, olhos verdes e cabelos castanho escuro.

A língua de Susan espreitou de seus lábios enquanto pensava nele, a luxúria enchendo sua mente e corpo.

Só então, Susan ouviu a porta se abrir, ele finalmente estava aqui.

Animada e molhada, ela pulou e correu para a porta.

Lá estava ele, de calça jeans e camiseta branca.

Ela entrou no quarto percebendo os belos e pesados seios de Susan quando eles quase caíram do sutiã de emoção.

Agarrando-a pela cintura, ele puxou Susan para ele e a beijou profundamente.

"Estou tão fodidamente excitada", Susan sussurrou com sua boca quente e molhada. "Foda-me agora."

Não precisando de um segundo convite, ele empurrou Susan em direção à mesa da cozinha.

Ele tirou a camisa e apagou as luzes, escurecendo a sala.

Susan estava deitada na mesa, seus mamilos agora espreitando pelo sutiã branco e uma mancha molhada se formando na calcinha combinando.

Ele se aproximou dela, formando um caroço em seu jeans.

Ele se inclina sobre Susan beijando suavemente sua barriga, lambendo tudo.

Susan suspira de prazer e suas mãos agarram a cabeça dele para puxá-lo para mais perto.

Ele continuou a lamber e beijar sua barriga, ocasionalmente descendo para sua vagina, ainda coberta pela calcinha, para soprar ar quente sobre ela.

Ele agarra sua calcinha com os dentes, puxando-os para baixo em um movimento rápido.

Ele os joga sobre a mesa e cheira seus pubes.

Susan começa a gemer e respirar pesadamente.

Enterrando o rosto em sua boceta molhada, ele levanta a mão para remover o sutiã.

Os seios alegres de Susan derramam sobre suas mãos macias.

Ele gentilmente lambeu a fenda de Susan mais uma vez antes de se aproximar da geladeira.

Abrindo, ele pegou uma tigela de morangos. Ele pegou dois deles, colocando um na barriga de Susan e o outro entre os seios.

Ele lambeu o morango no umbigo dela, comendo mais tarde.

Ele continuou a lamber o corpo dela de baixo para cima e finalmente passou para o próximo morango.

Lambendo o decote de Susan, ele move o morango para cima e para baixo entre os seios dela.

Susan geme com a sensação incomum.

Ele continua a mover o morango para baixo e para baixo no corpo de Susan, até que ele alcança sua vagina empurrando o morango com a língua.

Susan ofegou e ele podia ver sua boceta se contorcer com o morango coberto em seus sucos.

Ele empurrou o morango mais fundo em sua vagina.

Ele a cobriu com a boca, chupando suavemente até o morango voltar à boca; agora coberto de sucos da vagina de Susan.

Bebendo o morango, ela comeu e mudou-se para colocar Susan de bruços.

Com a bunda no ar, ela acariciou.

Ele gentilmente deu um tapa na bunda de Susan, antes de mergulhar em sua bunda e lambê-la, deixando ventosas por toda sua bunda.

Perto havia um pote de mel, ele estendeu a mão e esfregou nos lábios de Susan.

Então ele enfiou a língua profundamente dentro dela, fazendo Susan gemer.

Ele chupou a língua profundamente em sua vagina.

Gemendo alto, Susan disse:

"Foda-me agora."

Ele tirou o jeans, seu pau prestes a explodir.

Agora nu, seu pau destaca-se grande e forte.

Ele agarrou Susan, passando as mãos sobre as coxas dela, colocando seu pênis apenas dentro de sua entrada.

Ele esfregou a cabeça contra a umidade dela; Gentilmente, ele abriu os lábios e deslizou gentilmente a cabeça de seu membro.

Um gemido escapou dos lábios de Susan quando ela sentiu a ponta do membro dele entrar nela.

Susan gemeu mais alto quando deslizou o resto de seu enorme pau duro em sua boceta.

Enquanto todo ele a enchia, ela apertou as paredes de sua boceta, trazendo um gemido agora dele.

Ele começou a bombear seu pau dentro e fora da boceta de Susan, dirigindo cada vez mais a cada golpe.

Ele continuou a bater na buceta dela, fazendo Susan gemer cada vez mais alto.

Agarrando suas coxas, ele bateu mais forte do que nunca, rosnando enquanto invadia o corpo de Susan com seu enorme pau.

Susan gritou:

"Isso é tão bom, baby, me foda mais."

Ele bateu seu pênis com mais força na boceta de Susan, sentindo o acúmulo de esperma na base de seu pênis.

Suas bolas atingiram a bunda de Susan com o movimento dele.

Susan soltou um longo gemido e começou a ter um orgasmo selvagem, sua boceta apertando seu pau, então ele começou a ter um orgasmo também.

O sêmen saiu de seu pênis, o primeiro esguicho entrando na boceta de Susan.

Mas ele se retirou, deixando o resto pulverizar seu corpo.

Assim que o orgasmo dela começou a diminuir, ele enfiou os dedos na boceta dela, bombeando-os rapidamente, enviando Susan ao orgasmo novamente.

Gemendo e movendo-se sobre a mesa, Susan o puxou para ela e o beijou profundamente.

Seu suor e sêmen se misturaram entre os dois corpos.

Depois de relaxar os dois, ele disse:

"É bom ser recebido assim".

FIM

33

TRAÍDA
ERIKA SANDERS

35

Capítulo I

Becky ouviu o som da chave na fechadura.

Ele desceu as escadas correndo, acendeu a luz do corredor e abriu a porta.

Jack estava lá na chuva, encapuzado sobre a cabeça, a chave parando na mão enquanto seus olhos escuros a encaravam.

"Oh meu Deus, você veio", disse Becky alegremente.

Ela pulou para frente e passou os braços em volta dos ombros dele, abraçando-o, sentindo a chuva que cobria seu casaco se infiltrar no topo de suas roupas apertadas.

Ela não se importou.

O homem dela estava aqui e isso era tudo o que importava.

Ela soltou Jack de um abraço efusivo e colocou as mãos ensopadas em seu rosto.

Sua expressão séria não mudou.

"O que há de errado?", Ela disse.

"Nós precisamos conversar."

Becky sentiu um frio no estômago, mas se afastou para deixar Jack entrar e tirar as botas molhadas.

Ela entrou na sala, esfregando os braços nervosamente, enquanto esperava Jack lhe dar as más notícias, quaisquer que fossem.

Em seguida, ele entrou na sala, ainda com uma expressão séria no rosto magro.

"Dê-nos uma bebida, por favor", disse ele.

Becky foi até o carrinho de bebidas e serviu dois conhaques.

Sua mão tremia quando ele estendeu um dos copos e bebeu a dela rapidamente.

Jack aproximou-se da cadeira com as meias um pouco úmidas.

A imagem que ele deu assim foi um pouco engraçada.

Ela teria rido se não fosse o momento tenso.

Ele se sentou na beira do assento, sem acomodar-se, sem tirar o casaco enquanto se preparava para dar as más notícias.

Ele tomou um grande gole de conhaque antes de falar.

"Ela sabe tudo sobre nós", disse ele depois de tomar o licor com um suspiro final.

Becky sentiu os joelhos enfraquecerem, o coração disparar.

Outro copo de conhaque foi derramado.

Ele caminhou até o sofá em frente a Jack e sentou-se.

"Quão?" Ele disse depois de outro gole do líquido quente.

"Disse-lhe."

Becky franziu o cenho.

"Você contou a ele? Por que diabos?"

"Eu não aguentava mais."

Becky se levantou.

Por favor me diga que está brincando comigo, Jack.

Ele balançou a cabeça negando.

"Por que você diria a sua esposa que a está traindo?"

Jack ergueu os olhos sob as sobrancelhas espessas que o faziam parecer um filhote de cachorro travesso.

"Eu não podia vê-la sendo indiferente e calma enquanto ela continuava escondendo nosso segredo sujo."

'Nosso segredo sujo, isso é tudo para ele ?, pensou Becky.

"Bem, o que ela disse?" Becky disse, fingindo que não tinha ouvido o último comentário enquanto caminhava de um lado da sala para o outro.

"Ela está disposta a nos dar outra chance. Se isso parar."

Becky parou de andar e olhou para o rosto de Jack.

"Nós? Você quer dizer que você e ela estão juntos depois de contar a ele?"

Jack assentiu.

"Você vai me deixar assim? Por que ela diz isso?"

"Ela é minha esposa."

"E o que eu era?"

"Você sabe o que é isso. Eu disse que nunca deixaria minha esposa. Isso sempre foi sexo entre você e eu."

Know Você sabe o que era isso. Passado. Já estava acabado em sua mente. Como ele pode fazer isso comigo? '

Apesar do fato de ele ter dito que nunca iria deixar Mary, Becky achou que poderia convencê-lo de que ela realmente era a mulher que ele precisava.

E não é assim?

Parecia que não.

Jack terminou a bebida e levantou-se para sair.

Becky se aproximou dele.

"Isso é tudo, então?" Ela disse, olhando para ele com raiva. "Você largaria assim e sairia?"

Jack suspirou enquanto a puxava para seguir pelo corredor.

"Becky, eu tenho filhos", disse ele, exasperado agora.

Oh não, ele não iria fugir disso facilmente.

Antes que tudo fosse elogios e mensagens zombeteiras e eróticas, com muitos beijos no final para me deliciar.

É isso que todo mundo faz, para conseguir o que quer.

Então, quando tiverem o suficiente, ficam na defensiva e tentam se livrar de você.

A verdadeira face de Jack agora foi mostrada.

Ela não era nada além de um pedaço de carne para ele, uma foda fácil.

Escumalha.

Uma prostituta.

Era assim que os homens sempre a tratavam. Jack não seria diferente.

"E daí? Muitas pessoas se divorciam hoje. As crianças superam isso. Eles ainda têm os dois pais", disse ela friamente.

"Eles são crianças, Becky", retrucou Jack. "Eles precisam de uma família. Segurança. Um pai que está sempre por perto. Ninguém que aparece algumas vezes por semana."

E eu que? ela pensou um pouco egoísta.

A mulher que não pode ter filhos.

A mulher que será sempre e sempre permanentemente estéril, incapaz de dar uma família a um homem.

O fenômeno.

O raro.

Aquele que só serve para se divertir, para foder.

Quem realmente a amaria?

"Eu irei à sua casa", ele ameaçou. "Vou contar a ela o que fizemos. Como você me levou para a floresta no seu carro e me fodeu no banco de trás. Onde os filhos dela se sentam todos os dias na viagem à escola. Como você me levou ao mesmo restaurante em que você a pediu em casamento Veja se ela muda de idéia então. "

Jack se virou na entrada, seus dedos deixando o capuz que estava prestes a levantar sobre a cabeça.

"Você não fará isso".

"Olhe para mim."

Becky viu, pela primeira vez, um olhar nos olhos de Jack que ela já vira em muitos homens antes.

Nojo.

O que eles tiveram entre eles, o que quer que tenha sido para ele, se foi.

Ela sabia que nunca iria recuperar isso.

Seu lábio superior se curvou quando ela puxou o capuz sobre a cabeça e se inclinou para pegar as botas.

Becky sentiu o calor desaparecendo de sua carne, a sensação fria de ser deixado para trás retornando.

Abandono.

Ela já sentiu isso muitas vezes antes.

"Você não pode simplesmente me deixar, Jack", ela implorou, sentindo o fluxo familiar de lágrimas brotando de seus olhos.

"Acabou", ele disse abruptamente, sua voz enrolada em raiva.

"Não faça isso comigo, Jack. Por favor!"

Ele amarrou o cadarço na bota e se endireitou, olhando-a debaixo do abrigo do capuz.

"Não chegue mais perto de mim ou da minha família. Se você vier, eu ligo para a polícia."

Ele levantou a mão e deixou cair a chave no chão.

A chave que ela lhe dera na esperança de que ele visse isso como seu verdadeiro lar, no qual ele acabaria morando permanentemente.

Foi a última facada em seu coração.

Ele puxou a porta e deu um passo rápido para o jardim.

Becky estava de pé no capacho, as bochechas brilhando com lágrimas à luz brilhante da sala de estar, observando sua figura alta atravessar a chuva.

Longe dela.

De volta à família dele.

Fora de sua vida para sempre.

Capítulo II

Becky olhou dentro do copo e sentiu a cabeça girar.

O uísque deixou um gosto amargo e amargo em sua língua.

Com os dedos trêmulos no copo, ela o pegou e jogou na parede da lareira.

Ele colidiu com o espelho, causando estilhaços de vidro e depois caiu em cascata no chão e carpete espesso.

Ela pulou do sofá e foi para o telefone.

Lágrimas brotaram em seus olhos quando ela pegou o fone de ouvido, mas ela disse que não iria mais chorar.

Ela mordeu o lábio, discando com determinação o número.

Depois de alguns momentos, uma voz masculina aguda respondeu.

"Olá?"

"Harry, aqui é Becky", disse ele, sufocando sua embriaguez com um bufo.

"Becky? Jesus, por que você está ligando agora? São duas da manhã."

"Desculpe. Eu só ... eu preciso estar com alguém."

"O quê? Agora?"

"Sim."

Ele ouviu um farfalhar do outro lado da linha, o farfalhar de sua garganta secar dos cigarros de Harry enquanto ele se movia pela cama.

"Você realmente está me acordando para foder no meio da manhã?"

Becky sentiu um nó no estômago com suas palavras.

E se ela realmente não precisasse de alguém para se satisfazer?

No entanto, Harry não se importava com isso.

Ele era apenas um homem típico, com apenas uma coisa em mente.

Ela parou a tentação de explodir.

"Por que não? É um momento tão bom quanto qualquer outro", disse ela, um pouco agitada.

"Eu tenho que estar acordado às seis."

"E daí? Você pode dormir amanhã à noite. E pelo menos vai trabalhar satisfeito ao invés de bocejar."

"Estou arrasado agora. A única maneira de evitar bocejar para o trabalho é mais algumas horas de sono e não de exercício".

Becky apertou os lábios em frustração e pegou seus cigarros que foram colocados ao lado do telefone.

Acendeu um e tomou uma longa e profunda chupada, depois esfregou a têmpora com o polegar enquanto soltava a fumaça espessa.

"Farei o que você quiser", disse ele, e a nicotina deu-lhe força suficiente para tentar seduzi-lo.

"O que?", Harry disse.

"Vou enfiar minha língua na sua bunda. Vou comer você como um homem come uma mulher."

Houve uma pausa e ele pôde sentir Harry pensando do outro lado.

Poucas mulheres estavam dispostas a comer a bunda de um homem e Harry tinha um ânus particularmente sensível, sua língua tinha a capacidade de fazer todo o seu corpo se curvar e gritar ao mesmo tempo.

No entanto, parecia que ele estava realmente cansado esta noite. Mesmo isso não foi suficiente para tentá-lo.

"Oh Becky. Você não poderia ter chamado uma hora melhor?

"Vou colocar minha trela. Vou te dar uma foda longa e difícil. É isso que você quer, Harry? Um. Longo. Difícil. Fodido."

Harry parecia nervoso e agitado quando respondeu.

Becky sabia que seu pênis estava duro como uma pedra debaixo das cobertas diante de sua coragem explícita e suja.

Mas não importava com o que ela tentasse tentá-lo, ele parecia não se mexer.

"Desculpe, Becky. Vou ter que passar. Que tal sexta à noite?

Becky viu o cinzeiro na mesa de café e apagou o cigarro.

"Você é como todos os homens, certo? Você acha que eu vou fugir quando você diz. Bem, você sabe Harry? Você pode se ferrar. Essa foi sua última chance e você estragou tudo".

"O que ... Becky?"

"Tchau Harry. Durma profundamente, se puder. Droga!"

Ele bateu o telefone no receptor.

Becky ficou sentada na cama por um momento, com o coração acelerado, o sangue fervendo, um milhão de pensamentos diferentes disputando precedência dentro de sua cabeça.

Como eles poderiam fazer isso com ele?

Uma e outra vez.

E por que ela continuou deixando-os fazer isso?

Cair na mesma velha armadilha repetidamente.

Ela sabia o que os psiquiatras diriam.

Você não se valoriza o suficiente.

Como ela pode esperar receber respeito quando ela nem se respeita?

Bem, isso é fácil para eles dizerem.

Eles querem saber como é se sentir uma prostituta que permite que os homens usem seu corpo como se fosse um pano sujo.

Uma mãe que ia transar com o namorado e deixou a filha sozinha em casa, com frio e com fome, sem ninguém que a quisesse.

Uma mulher que a convenceu durante anos de que seu pai não a amava.

Que ele os abandonou por causa dele.

Quando a verdade era verdadeira, ele ficou intimidado pela submissão a que estava sujeito e aterrorizado demais para voltar ao seu reinado de terror.

Becky enterrou o rosto nas mãos e deixou as lágrimas inundarem as palmas das mãos.

Você me deixou, papai.

Como você pode me deixar com aquela cadela psicopata?

Ela se sentou e se forçou a parar as lágrimas.

A tristeza se transformou em raiva como o toque de um botão.

O pai dela era um covarde.

Como todos os homens.

Eles andavam controlados pelas bolas que balançavam entre as pernas, mas não tinham coragem de usá-las.

Somente uma mulher poderia fazer isso.

A dor era demais.

Becky precisava de sexo.

Era a única coisa que a acalmava.

O sexo aliviaria a dor dentro dela.

Dor por não ser amada e por ser rejeitada, o que a fazia se sentir uma cadela suja e descartável.

Por alguns breves momentos, um beijo apaixonado, um desejo ardente de levá-la ao orgasmo, e ela se sentiria curada.

Tudo bem novamente.

Amado.

O único problema era que se tornara um vício.

E quando tudo terminasse, depois que os homens fossem embora e retornassem com suas esposas ou a próxima mulher disposta a abrir as pernas, aquele lugar escuro retornaria.

Até a próxima solução.

Becky não aguentou mais.

Já bastava.

Dessa vez alguém pagaria.

Capítulo III

A vingança é doce.

Ou é o que dizem.

Becky ponderou sobre isso enquanto escovava os longos cabelos negros no espelho da cômoda.

Ela estava nua, além de uma calcinha preta adornada com um pequeno laço vermelho.

Seus seios de quarenta e três anos eram tão firmes quanto os de uma mulher dez anos mais nova.

Foi um dos aspectos positivos de não poder ter filhos.

Manteve sua figura e seus esplêndidos encantos por mais tempo.

Quando as cerdas deslizaram pelo cabelo, ela experimentou uma calma que não sentia há anos.

Algo estava finalmente gerando dentro dela.

Você não será mais uma vítima.

Ela estava lutando.

Ela seria uma guerreira.

Ela selecionou um batom vermelho escuro da maquiagem e aplicou-o cuidadosamente nos lábios, adicionando um pouco de plenitude, dando um milímetro extra ao redor da borda.

A cor complementava seus cabelos escuros e pele oliva, dando-lhe uma aparência levemente mediterrânea que não poderia estar mais longe de sua herança britânica.

Ela tinha que admitir que parecia bem.

Ela pode ter uma voz um pouco rouca para tantos cigarros e uma infância de merda, para não mencionar a bebida, mas ela sabia como aparecer para fazer sexo.

Ela aprendeu essa habilidade com a mãe e, quando percebeu o quão duras eram as meninas do norte, também aprendeu a usá-la em seu proveito.

Garotas sexy tinham poder.

Eles podiam controlar os homens com seus corpos, seu perfume e um olhar provocante.

Quando Becky considerou, percebeu que era o que lhe permitira sobreviver por tantos anos.

Ele se levantou e caminhou até o espelho de corpo inteiro.

Inclinando a cabeça para o lado, ela segurou seus seios.

Ele fez beicinho com os lábios recém-pintados.

Sim, parecia bom o suficiente para comer algo apetitoso.

E para comer você também, ela pensou com uma risada sensual.

Na cama havia um vestido vermelho.

Curto.

Muito provocador.

Decote baixo para mostrar seus peitos.

Ela colocou os pés descalços nele e puxou-o pelo corpo.

Olhando no espelho, ela se virou e abotoou-o.

Ele admirava o tecido sedoso, enrugado nos quadris, acentuando sua forma típica de ampulheta.

Ao lado da porta havia uma fileira de sapatos de salto alto.

Becky se aproximou e colocou os pés em um par vermelho.

A cor da noite era escarlate.

Vermelho por sangue e assassinato.

Capítulo IV

O motorista do táxi parou do lado de fora do clube.

Becky notou que havia dois gorilas nas portas.

Ele pagou o taxista e saiu para a rua iluminada pela luz da rua, o ar suave tocando seus ombros nus enquanto a música do clube batia sob seus pés.

Ela fechou a porta do táxi e caminhou até a entrada, colocando a alça de sua pequena bolsa vermelha no ombro.

O Meeting Place era um clube de cavalheiros modernos que surgira na cidade alguns anos atrás.

Homens de todas as idades foram lá em suas últimas roupas, embebidos em frascos de loção pós-barba, tentando atrair as garotas do norte que chegavam ao seu cheiro como cadelas no cio.

Becky não foi exceção.

Mas hoje à noite ela estava decidida a um homem em particular.

O local era uma colméia de atividades, ocupada por uma noite no meio da semana.

Um cantor estava se apresentando no palco de um lado da sala e o bar do outro lado estava cheio dos caras mais velhos curvados sobre copos de cerveja.

Homens e mulheres estavam sentados em uma grande área cheia de mesas no centro da sala, conversando e olhando para o palco.

Becky foi ao bar e chamou um jovem e bonito garçom com o corte de cabelo de uma viúva.

"Ricky está aqui hoje à noite?", Perguntou ela.

O garçom assentiu. "Atrás."

Becky sorriu e se afastou do balcão, notando que os olhos dos homens mais velhos haviam se mudado de suas bebidas para ela.

Ele se certificou de que eles tivessem uma boa visão de sua bunda quando ele desapareceu por um corredor que levava aos escritórios nos fundos.

Ricky Morris era o proprietário de cinco boates na área de Maine.

Ele ganhou seu dinheiro com acordos não confiáveis na década de 1990 e abriu a cadeia de clubes masculinos que foi um sucesso instantâneo com garotos brincalhões do Norte.

Ele também era conhecido por trabalhar com strippers e prostitutas, fornecendo-lhes clientes e reduzindo seus lucros.

Becky o conheceu há dois anos no lançamento do Meeting Place.

De todas as mulheres atraentes e garotas bonitas que estavam lá naquela noite, era com ela que ele se aproximara.

Talvez ele reconhecesse algo de si nela, um traço masculino que agradava sua natureza ambiciosa e empreendedora.

Uma mulher que não se curvava ou se lisonjeava por seu dinheiro e boa aparência.

Uma mulher que jogaria duro para conseguir o que queria.

Becky bateu na porta, mas não esperou uma resposta.

Ao entrar no quarto, ele viu um lampejo de carne e sentiu o cheiro inconfundível de sexo.

Uma mulher na casa dos vinte estava deitada na mesa, os seios nus expostos através de um vestido que ainda estava enrolado na cintura.

Ricky estava transando com ela de uma posição ereta, calça preta ao redor dos tornozelos, suor brilhando na cabeça raspada.

Ele virou a cabeça com a interrupção.

"Porra." Ele se afastou da mulher e Becky viu seu pau grande, inchado de emoção, escorregadio com o suco da mulher.

Quando ele viu quem havia entrado na sala, suspirou, inclinou-se e puxou as calças.

A mulher na mesa cobriu os seios, tentando esconder seu constrangimento com uma risada sensual.

Vadiazinha, Becky pensou, entrando sem vergonha no escritório.

Ricky estava prendendo o cinto de couro na cintura quando balançou a cabeça para a garota sair.

Ainda cobrindo os seios, ela escorregou timidamente da mesa, pegou os sapatos de salto alto e saiu na ponta dos pés da sala.

Ricky deu a volta na mesa, olhando para Becky, o rosto corado.

Ele pegou um lenço no bolso da camisa, limpou a testa e enfiou a mão na gaveta para pegar uma cigarreira de prata.

"A que devo o prazer?", Ele disse, abrindo a caixa e pegando um cigarro colorido.

Ele ofereceu um para Becky.

Ela manteve os olhos nele quando ele caminhou até a mesa e pegou um dos cigarros.

Foi escarlate.

"Verificando a qualidade da mercadoria de novo?" Ele disse, colocando o cigarro vermelho entre os lábios.

Ricky estreitou os olhos azuis afiados quando acendeu o cigarro e depois segurou o isqueiro para acender o de Becky.

"Qual é o seu ponto de me interromper, entrando aqui sem aviso?"

Becky tragou um pouco do cigarro aceso.

Ela soprou a fumaça que se arrastava em direção ao teto em um fio fino.

"Vejo que você está ocupado ultimamente."

Ela olhou para a mesa com um sorriso.

As pegadas de suor onde estavam as nádegas da mulher ainda estavam presentes na superfície do vidro.

Ricky sentou-se pesadamente.

Becky quase podia ouvir seu coração disparar, sangue ainda bombeando seu corpo pela sessão de sexo interrompida.

Ele a estudou curiosamente.

"Já terminou?"

Becky balançou a cabeça.

"E daí? Percebo algo diferente em você."

Becky jogou os cabelos para trás e olhou para o grande aquário brilhando atrás da cabeça de Ricky.

Peixe grande em um lago muito pequeno, ele pensou ironicamente.

Ele podia ter dinheiro e poder sobre as mulheres, mas sentado em sua cadeira sem ter idéia do que estava prestes a acontecer, ele era tão fraco e patético quanto qualquer outro homem.

"Acho que deve ser o clima do mês", disse ele secamente.

Ele tirou a bolsa do ombro e a colocou cuidadosamente na superfície de vidro sobre a mesa.

Ricky observou seus movimentos com interesse.

Ele deu a volta na mesa e apoiou as nádegas na borda dura.

Ricky girou a cadeira, recostou-se e a estudou.

"Você está ansioso por isso", disse ele com cuidado.

"Quando não vou?", Ela respondeu.

Ricky sorriu.

Ele amava isso nela.

Aquele apetite ousado e disposto ao sexo.

Especialmente de uma mulher.

Isso o deixou duro em segundos. Becky esperou para ver seu pênis voltar a despertar enquanto movia o corpo para revelar seus seios.

"Você é uma prostituta", disse Ricky. "Nada te impede, não é? Nem mesmo segundos descuidados em uma putinha.

"Ela era apenas o aperitivo. Eu sou o prato principal. O sexo real."

Becky puxou o vestido pela coxa e passou os dedos entre as pernas.

Ela havia tirado a calcinha antes de sair de casa, para ter acesso fácil aos lábios nus entre as pernas.

Ele olhou para Ricky e deu outra tragada no cigarro.

A protuberância que continuava crescendo em suas calças lhe disse que ele planejava estar dentro dela em segundos.

Sua boceta umedeceu com o pensamento, intensificada pelo conhecimento de que desta vez a satisfação seria mais doce do que qualquer outra.

Ela colocou as mãos na superfície de vidro, deixando traços pegajosos de sua vagina almiscarada, e manobrou para se posicionar diretamente na frente de Ricky.

Ela colocou os dois calcanhares nos braços da cadeira, abrindo as pernas para dar uma visão completa do que havia entre as pernas.

Excitação brilhou nos olhos de Ricky quando ele olhou para baixo e viu o doce escondido sob o vestidinho vermelho.

"O que eu devo fazer com isso?" Ele disse ironicamente, erguendo a sobrancelha.

Com os cotovelos na mesa, Becky ainda conseguiu fumar enquanto respondia com um sorriso sensual.

Sem palavras.

Ricky apagou o próprio cigarro, esmagando-o descaradamente no copo.

Ela respirou pelas narinas, talvez para ter um gostinho perfumado do que estava por vir, encharcando os dedos longos na frente dos belos lábios.

"Eu vou comê-lo até sua boceta pingar na minha boca."

Becky formigou em sua vulva enquanto apertava seus músculos.

Ela sempre amou um garoto que gostava de comer buceta.

Ricky ficou feliz em saturar o rosto no suco, fazendo coisas com a língua que o mandariam para outro lugar.

Seria o caminho mais humano a seguir, ele pensou.

Medo eufórico.

Suas mãos grandes tocaram seus joelhos e espalharam suas pernas ainda mais.

Becky olhou para ele com um fascínio sombrio, avaliando a emoção em seus olhos de aço.

Ele lambeu os lábios de brincadeira.

Becky sorriu conscientemente.

Então, antes que ela pudesse fazer qualquer outra coisa, a cabeça dele estava entre as pernas dela e sua língua quente e molhada estava entrando dentro dela.

A cabeça de Becky caiu para trás quando ela ofegou de prazer.

"Ah Merda."

Ricky balançou a cabeça vorazmente, lambendo sua carne pegajosa.

Coma, prove, respire seu perfume almiscarado.

"Delicioso", Becky o ouviu dizer com seu profundo sotaque de Vermont.

Nem remotamente ele iria saborear algo tão delicioso quanto a doce vingança dela, ele pensou.

Ricky abriu o zíper da calça e puxou o pênis, empurrando-o com movimentos rápidos e duros do pulso.

Becky se perguntou brevemente se ele preferia sua boceta à que ele estava fodendo minutos antes.

Então ela decidiu que não se importava mais.

Todos os homens eram iguais.

Idiotas que abusam de prostitutas e chupam xoxotas. Mesmo se eles tivessem a capacidade de enviar você a lugares que você nunca soube que existiam.

A língua de Ricky era divina!

Becky olhou para baixo e viu o couro cabeludo redondo e brilhante subindo e descendo.

Esse foi o momento dele.

Respirando fundo, ela parou por um momento, depois juntou as coxas em um movimento rápido, fechando o pescoço de Ricky entre as pernas.

Ele engasgou e tentou se afastar, mas sem sucesso.

Becky enfiou a mão na bolsa vermelha e tirou uma faca.

Ela agarrou o punho com as duas mãos e o ergueu sobre a cabeça de Ricky.

Ele continuou balbuciando, agarrando suas coxas para abri-las.

Mas ela não conseguiu.

Ela não podia deixar cair a faca na cabeça.

Agora que o momento estava aqui, não parecia mais uma fantasia.

Parecia um pesadelo.

Ela não era uma assassina.

Ela não poderia se tornar algo que não era.

Eles a mataram por dentro e ela os desprezou por isso, mas matar a sangue frio a fez outra coisa.

Isso a fez menos do que eles.

Becky soltou a pressão de suas coxas na cabeça de Ricky.

Ele saiu da armadilha, ofegando e esfregando o pescoço.

"Cadela louca, puta", ele gritou. "O que está jogando?"

Becky já havia escondido a arma na bolsa antes de Ricky cuspir sua raiva.

"Eu pensei que você gostaria de tentar algo um pouco duro", ela ofegou, fazendo o possível para esconder o medo em sua voz.

Ricky abriu as pernas e se levantou.

"Eu não conseguia respirar!"

Becky mexeu no vestido e saiu da mesa de vidro.

Enquanto se levantava, ele notou a expressão de dúvida nos olhos de Ricky.

"Oh, vamos lá", disse ela. "Foi divertido."

Ele conseguiu manter um sorriso enquanto seu coração batia freneticamente dentro do peito.

Ricky não disse nada, procurando em seus olhos algum tipo de engano.

Ele seria o único que teria sangue nas mãos se soubesse que ela tinha planejado matá-lo.

Becky foi até ele e se inclinou perto do rosto dele.

Ela beijou sua bochecha corada, deixando seu lábio escarlate estampado em sua pele.

"Já tive o suficiente por hoje. Ficarei melhor", disse ela.

Ela pegou sua bolsa da mesa e caminhou até a porta.

Ela podia sentir os olhos de Ricky fixos nela.

Penetrante.

Acusatório.

"Espere", ele disse.

Becky parou.

O coração dela congelou.

Lentamente, ele se virou.

O contorno escuro de Ricky estava delimitado pelo brilho da água do aquário enquanto ele esperava que ele falasse.

"Você vai querer seu dinheiro", disse ele.

Becky franziu o cenho.

"Que dinheiro?"

"Eu sempre pago minhas garotas favoritas."

Becky estudou os olhos dela.

O que ele estava fazendo?

"Você nunca teve antes."

"Já era hora de eu fazer isso."

Ele pegou um talão de cheques da mesa.

Ele tirou uma caneta do bolso da camisa e rabiscou algo nela.

Quando ela segurou a Becky, ela sentiu o pescoço coçar.

Ricky deu-lhe o cheque.

Becky pegou e olhou a quantia.

Quarenta mil dólares.

Ela empalideceu e olhou para Ricky, incrédula.

"Por serviços devidos", disse ele.

Becky olhou de volta para a figura forte.

Quarenta mil dólares.

Ele pagaria sua hipoteca.

Ela poderia comprar um carro novo.

Flutuar para fora.

Compre roupas novas.

Sapatos de grife.

Ricky não estava sorrindo enquanto a observava estudar o cheque.

O olhar que ela deu a ele era de preocupação.

Becky olhou nervosamente em seus olhos azuis de aço.

Ele sabia que ela tentara matá-lo.

Ele estava pagando por isso.

Pegue o dinheiro, me deixe em paz, não venha.

Ela não queria decepcioná-lo.

Ele conseguiu sorrir e depois se virou para sair da sala, a mão tremendo ainda segurando sua nova fortuna.

FIM

DESEJO SEXUAL
ERIKA SANDERS

61

Meu amor, quero que você se sente na frente do seu computador e mostre uma imagem, uma peça visual, como uma vagina.

Não o rosto e o corpo, apenas os joelhos dobrados e as pernas abertas.

Com longos e bonitos dedos elegantes que separam levemente os lábios vaginais.

Imagine que eu entro e me sento nessa mesa totalmente vestida.

Mas como sua cadeira tem braços, coloco meus pés vestidos com sapatos de couro preto de salto alto, tornozelo e dedos pontudos de cada lado.

Você se inclina para trás e sorri e eu também deito sorrindo.

Eu levanto meu vestido preto e sedoso e você vê que minha calcinha está faltando e o brilho da minha umidade na minha fenda já é perceptível.

Você verá a ponta de um espartilho preto ao qual as meias também estão presas.

Eu levanto meu vestido com as duas mãos para cima, passo por cima da cabeça e revelo o espartilho de couro com apenas alguns centímetros de largura.

Meus mamilos estão eretos e altos quando se projetam do topo.

Você se curva, mas estou aqui para brincar com você e uso meus sapatos pontudos para mantê-lo onde está.

Eu vejo um pau visivelmente crescente que precisa sair de suas calças e pedir para você descompactá-las.

Eu corro minha língua pelos lábios em comprimento total, sorrindo, enquanto você desliza pelas minhas calças.

A cabeça do seu pau se destaca dos seus boxers e esse também tem um brilho exigente.

É assim por um bom motivo.

Essa visão de seu pênis ereto de repente me excita e peço que você me lamba.

Você se inclina para frente e faz isso, separando meus lábios um pouco para encontrar meu clitóris.

Você o leva na boca, para que fique um pouco mais.

Eu só precisava daquele toque da sua língua para me conseguir cem.

Quando me acalmo, peço que pegue seu pênis com a outra mão e acaricie-o levemente.

Você precisa, mas posso lhe dizer que você precisa de mais, isso não é suficiente.

Eu o forço a me ajoelhar para levá-lo totalmente à minha boca, alternando lambendo da base para o topo, de cima para baixo e de volta para as bolas, lambendo o interior do local onde a virilha está localizada.

Você gosta do que vê quando estou ajoelhado, minha bunda é tão fina quanto alguns centímetros de largura e meu ânus é apertado e aconchegante.

Levanto-me novamente porque estou chegando muito perto do clímax.

Eu coloco você de pé e suas calças caem além dos joelhos.

Você ainda está com os sapatos, a gravata ainda amarrada, mas a camisa desabotoada até o fim.

Eu amo precisar ver o máximo da sua pele quanto eu puder.

Agora que você está de pé, peço que me dê as costas.

Abra as pernas o suficiente para se ajoelhar atrás de você.

Minha língua lambe suas pernas, lambendo suas bolas e até o estalo de sua bunda, lambendo e girando sua língua em torno de seu ânus.

Pego um vibrador da minha bolsa e pergunto se posso usá-lo em você, mas antes que você responda, eu o coloco contra sua pele.

Com a minha boca, deixo saliva por toda a sua bunda, para que você tenha lubrificado tudo.

Eu coloco em baixa velocidade e corro através de suas bolas e entre as bolas e seu cu.

Minha outra mão corre entre suas pernas e agarra seu pau, acariciando e alimentando-o.

O vibrador é bom na sua bunda.

Coloquei-o ao lado do seu ânus e deslizei uma das duas pontas, a fina, que também é a minha favorita.

Ele desliza e eu coloco a outra extremidade mais em direção ao centro, atrás das suas bolas, novamente, vendo como a sensação leva você a outro nível.

Suas mãos estão segurando a mesa e seus olhos estão fechados cedendo o que eu quero fazer.

Mas eu fico assim, acariciando um pouco enquanto deixo o zumbido fazer você pensar no que acontecerá a seguir.

Paro abruptamente e digo para você se virar.

Você faz isso e seu rosto fica vermelho.

Você estava realmente gostando disso e se aproximando do estado que deseja.

Mas prefiro desacelerar para trazê-lo de volta à minha boca.

Estou tão quente quanto o inferno e estou perdendo um pouco de controle.

Então eu faço você se sentar de novo e me ajoelho na sua frente e peço que se acaricie, mas lentamente.

"Acaricie meu amor."

Enquanto ajoelho na sua frente e deito nos calcanhares.

Ligo o vibrador e o esfrego do lado de fora da minha vagina, sobre o clitóris.

Isso leva menos de um segundo para alcançar o orgasmo.

Minhas pernas e joelhos estão abertos e eu jogo minha cabeça para trás, esticando minha boceta com as mãos, querendo que você veja os músculos do meu orgasmo se movendo.

Seguro o vibrador até terminar e meus próprios sucos derramarem.

Eu olho para você e você está se masturbando, aumentando a taxa.

Seu ritmo acelerou e é tão emocionante que eu me ajoelho, implorando para você gozar no meu rosto e peito.

E sim, certamente você faz.

Eu vejo como os jatos do seu leite saem para mim.

Mas você acaba jogando os jatos na tela do computador e no teclado. Nos despedimos até outra hora e você desliga a webcam.

FIM

67

* 9 7 9 8 2 2 4 0 0 6 2 5 0 *